LE GRAND MATCH

Réalisé avec Vellum

LE GRAND MATCH

Les Lions De Denver

EMILY SILVER

Chapitre Un

JACKSON

— C'est pas comme ça qu'il faut faire ! dit une voix plaintive.

— Ah, bon ? Et comment je dois faire, alors ?

— C'est vert et après bleu, réplique Noah. C'est plus cool pour ma station spatiale.

Je souris.

— Désolé, mon gars.

Il rapplique à quatre pattes et s'installe sur mes genoux.

— C'est pas grave, papa. Tu sais pas tout.

J'éclate de rire.

— Je suis content que tu m'apprennes, dis-je en déposant un baiser dans ses cheveux.

— Tu dois vraiment partir ce soir ?

C'est ça, brise-moi le cœur, gamin.

— Je dois partir. Mais tout le monde sera là, alors je ne te manquerai pas.

— Grand-mère et grand-père vont m'apporter un nouveau jouet ?

Je souris.

— Je suis sûr que oui.

— Peut-être des nouvelles briques de construction. Il se remet à œuvrer sur le projet devant lui.

— Tu te souviens de ce dont on a parlé, bonhomme ?

Noah hoche la tête.

— D'être gentil avec maman.

— C'est ça. Et dans quelques jours, papa sera à la maison et on pourra jouer à tous les jeux que tu voudras.

Il avance sa petite lèvre.

— Tu vas me manquer.

Je le prends dans mes bras. Il sent les crayons de couleur et la terre des jeux de plein air.

— Tu vas me manquer encore plus.

Un bruit de pas dans le couloir me fait lever la tête. Tenley arrive en se dandinant dans la cuisine, l'air plus mal à l'aise que jamais. Dès qu'elle nous voit, Noah et moi, ses yeux se mettent à briller.

— Va jouer une minute, bonhomme. Il faut que je parle à maman.

Il m'embrasse sur la joue avant de retourner à sa pile de briques de construction.

— Comment s'est passé le rendez-vous chez le médecin ?

Tenley essuie une larme.

— La petite est bien au chaud là-dedans. On dirait qu'elle ne viendra pas de sitôt.

Je pousse un soupir de soulagement.

— Dieu merci. Il n'y a donc aucune chance que le bébé arrive ce week-end ?

Je détestais déjà devoir manquer le rendez-vous de Tenley aujourd'hui à cause d'une baby-sitter malade et de l'absence des grands-parents, mais un enfant d'âge préscolaire turbulent ne serait pas resté assis si lui et moi l'avions accompagnée.

Tenley secoue la tête.

— La seule chose dont tu dois te préoccuper, c'est de gagner le match.

Je touche immédiatement la surface la plus proche.

— Ne me porte pas la poisse !

— Ça porte malheur, maman ! crie Noah depuis le salon.

— Tu vois ? Je fais un signe de tête dans sa direction. Même un enfant de cinq ans sait qu'il ne faut pas dire ça !

Tenley pose ses bras croisés sur son ventre de femme enceinte. Nous avons eu de la chance la première fois avec Noah. Il a fallu beaucoup plus de temps et beaucoup d'aide pour que ce bébé arrive. Je suis vraiment ravie que ce soit une fille.

— Bon, OK, alors va t'entraîner et joue bien. Ça te va comme ça ?

Je vois le sourire qu'elle retient. Je passe mes mains sur son ventre.

— Je serai encore plus heureux lorsqu'on fera la connaissance de ce petit être.

Des mains chaudes se posent sur les miennes.

— J'ai hâte qu'elle soit là.

— Encore quelques semaines, dis-je en déposant un doux baiser sur ses lèvres. Quand est-ce que tout le monde arrive ?

Tenley me frôle et s'assied sur le grand canapé du salon. Je me sens mieux en sachant que Noah et elle ne seront pas seuls pendant mon absence.

— Tes parents seront là demain. Le vol de Penny arrive… elle s'interrompt pour réfléchir… je ne sais pas. Avec le décalage horaire au Vietnam je ne sais vraiment pas. Et mes parents reviendront de leur voyage jeudi.

— Je suis content que le médecin ait dit que tout allait bien. Je déteste ne pas être là, dis-je en m'affalant à côté d'elle tout en l'attirant à moi.

— Tout ira bien, pas vrai, Noah ? répond-elle.

L'enfant en question se précipite et saute sur mes genoux.

— Maman a dit qu'on pourrait faire une soirée spéciale et que je pourrais regarder le film que je veux et lire trois livres avant d'aller au lit !

Il lève trois petits doigts.

— Tu as la meilleure des mamans, mon grand.

— La meilleure des meilleures !

Il se dégage de mes bras et retourne jouer avec ses petites briques. Le gamin en est obsédé.

— Je suis d'accord, dis-je en serrant Tenley contre moi.

— C'est ce que dira mon mug de la fête des Mères cette année ?

— Je connais bien d'autres choses pour lesquelles tu es la meilleure, je lui chuchote à l'oreille.

— Arrh. Ne me taquine pas avec toutes les choses que tu veux me faire quand je ne peux rien faire.

— D'ici là, quoi que tu veuilles, je suis à ta disposition.

La main de Tenley se pose sur mon cou, m'attirant plus près d'elle.

— Je ne sais pas ce que je ferais sans toi.

— Crois-moi, je ne veux jamais y penser.

Je l'embrasse passionnément.

— Baah ! Arrêtez de vous embrasser, gémit Noah.

Et dire que, toutes ces années auparavant, si le coach ne m'avait pas aidé à me sortir la tête du cul, j'aurais raté tout ça.

L'enfant dégoûté et tout le reste.

Nous sommes à un match de tout gagner. D'être au sommet de la NFL. C'est si proche que j'en ai le goût dans la bouche. Je ne veux rien de plus que de ramener ce trophée à la maison.

Mais je sais que même si nous n'y arrivons pas, ça ira.

Grâce à la femme qui est à mes côtés. Et du petit garçon qui a volé mon cœur lorsqu'il est venu au monde en hurlant, il y a tant d'années. Et du nouveau petit être qui sera bientôt là.

Parce que ces personnes sont ce qui compte le plus.

Pas un fichu trophée.

Sauf que…

J'ai vraiment envie de ramener ce truc à la maison.

Chapitre Deux

CARTER

—**A**ngie ! On doit partir pour l'école. Tu es bientôt prête ?

— J'arrive, Daddy ! crie la petite voix de l'étage. On peut appeler papa encore une fois ?

Le bruit des petites bottes détourne mon attention des nouvelles à la télévision. Même si je ne devrais pas regarder les reportages sur les Mountain Lions, c'est plus fort que moi. Toutes les statistiques me passent par la tête - bonnes et mauvaises - pour savoir comment l'équipe peut s'en sortir.

— Papa doit s'entraîner ce matin, alors on ne pourra peut-être pas, dis-je en avalant mes dernières gouttes de café.

— Mais il faut que je lui montre ma tenue !

Angie arrive dans la pièce dans un flot de couleurs. Un legging arc-en-ciel, un tutu rose et un maillot des Mountain Lions portant le numéro 18. C'est la journée de l'enthousiasme à l'école, alors elle a choisi sa tenue.

Je n'essaie pas de retenir mon sourire. Cette enfant a toujours été une originale.

— Il faut faire vite, d'accord ?

Je lui tends mon téléphone.

— Oui. Elle s'empresse de trouver le numéro d'Alex pendant que je me tiens à côté d'elle, attendant que Face-Time se connecte.

— Salut ! Qui m'appelle si tôt ?

La voix fatiguée d'Alex remplit la pièce avant que nous ne voyions son visage à l'écran.

— C'est nous, papa ! dit Angie débordant d'ex-citation.

— Mes deux personnes préférées, dit Alex en nous faisant un grand sourire en nous regardant attentivement. Tu ne devrais pas être à l'école ?

— Il fallait que je te montre ma tenue. Angie surgit devant le téléphone en tournant sur elle-même pour se montrer à son père. Tu aimes ?

— J'adore. Très coloré.

— La maîtresse a dit que c'était la journée de l'enthou-siasme. On peut mettre ce qu'on veut, mais il faut encou-rager les Mountain Lions.

— Intelligente, cette maîtresse.

— Elle est très intelligente, papa. Est-ce que je te verrai avant le match ?

Alex secoue la tête.

— Après le match. Toi et moi, on aura notre propre journée spéciale ensemble et on fera tout ce que tu veux. Qu'est-ce que tu en dis ?

— On pourra prendre une glace ?

— Tout ce que tu veux.

— Ouais ! Daddy, tu as entendu ça ?

Je hoche la tête.

— Oui. Il faut qu'on parte à l'école, maintenant. Va mettre ton manteau et laisse-moi parler à papa rapidement.

— Je t'aime ! Gagnez bien, hein ! Angie fait un bisou et s'en va.

— Je t'aime aussi, dit Alex en se recouchant. Je n'ose même pas imaginer à quel point elle sera déçue si on perd.

— Ne dis pas ça. Toi, tu t'en remettras. Angie ? Pas si sûr.

Alex rit et rapproche la caméra de son visage.

— Vous me manquez.

— Je sais. Plus que quelques jours et tu seras à la maison. Tu te sens bien ?

— Oui. J'ai répété le premier drive tellement de fois que je peux le faire en dormant. J'espère que le public sera de notre côté.

C'est l'une des rares fois où le Super Bowl se joue dans le stade de l'équipe locale. Les billets se vendent à plus de cinq mille dollars. Je ne sais pas qui peut dépenser autant pour des billets, donc tout le monde peut parier sur l'allure du public.

— On sera là pour t'encourager.

— Je suis sûr que je pourrai vous entendre depuis la ligne de touche.

Je le pointe du doigt.

— Ne doute pas de nous. Cette fille a de sacrés poumons.

Le téléphone d'Alex émet un bip et il fronce les sourcils.

— Je dois descendre pour la réunion des joueurs. On se voit dimanche ?

J'acquiesce.

— Je sais que tu n'en auras pas besoin, mais bonne chance.

Alex ouvre la bouche pour dire quelque chose, mais la referme tout de suite. Les nerfs semblent prendre le dessus alors qu'il évoque le pire scénario possible.

— Qu'est-ce qu'il va se passer si on ne gagne pas ?

— Eh bien tu reviens à la maison, avec Angie et moi, on prend des vacances comme on a fait la dernière fois et tout ira bien.

Cela fait sourire Alex.

— Et si on gagne ?

Je lui rends son sourire.

— Eh bien, tu rentres à la maison avec Angie et moi, on prend des vacances et on fait la fête.

— Ça m'a l'air génial.

— Je sais. Bon, maintenant va jouer le match de ta vie. Je t'aime.

— Je t'aime aussi. Alex raccroche et je souffle pour relâcher mes nerfs.

À ce stade, je ne sais pas qui est le plus nerveux. Mais je n'ai pas le temps de réfléchir quand apparaît sur mon téléphone un numéro que je ne pensais pas voir avant un moment.

— Salut, Chelsea, ça c'est une surprise.

Angie revient en courant dans le salon, son manteau boutonné n'importe comment et son sac à dos qui pourrait l'avaler tout entière sur le dos.

— Prête, Papa !

J'attrape mes clés et je l'accompagne à la porte.

— Désolée d'appeler cette semaine, mais j'ai pensé que tu voudrais savoir.

J'avale une bouffée d'air froid de la montagne en ouvrant la portière de la voiture à Angie.

— Tout va bien ?

— C'était un faux négatif.

— Quoi ?

Je manque de lâcher le téléphone en entendant les mots de notre mère porteuse.

— Je ne sais pas ce qui s'est passé, mais je ne me sentais

toujours pas bien cette semaine, alors je suis retournée chez le médecin. Ils l'ont confirmé. Je suis enceinte.

— Putain de merde !

— Papa... ! dit Angie de la banquette arrière.

— Désolé, ma chérie, je murmure en couvrant le téléphone d'une main. Je l'attache et je ferme la portière. Tu es sérieuse, Chelsea ?

— Je peux t'envoyer tout ce que j'ai eu chez le médecin, mais il semblerait que le bébé arrive bien plus tôt que tu ne le pensais.

— C'est incroyable. Comment te sens-tu ?

Je suis vraiment impressionné.

— Des nausées matinales surtout, mais à part ça, ça va. Tu veux qu'on dîne ensemble la semaine prochaine ?

Avec tout ce qui se passe ce week-end, c'est la meilleure nouvelle que nous aurions pu recevoir aujourd'hui.

— Oui, planifions quelque chose.

Nous parlons encore un peu avant de raccrocher. Les larmes me montent aux yeux alors que je monte dans la voiture.

— Ça va Papa ?

— Mieux que jamais.

Parce que quoi qu'il arrive ce week-end, nos vies sont devenues infiniment meilleures. Une victoire les rendrait encore plus douces.

Chapitre Trois

— Colin. Fais attention à la défense. Regarde comment ce gars s'écarte quand il pense qu'il a battu le receveur. Coupe à droite pour le chopper.

— Rocky. On a vu ça quinze fois. La surpréparation, ça existe, murmure Colin dans mon épaule.

Nous sommes restés à l'hôtel avec l'équipe toute la semaine. Même si le match se joue à Denver, nous sommes ici depuis mardi.

Toutes les équipes restent ensemble pendant le Super Bowl. Avec les entraînements et les journées réservées aux médias, il est plus facile de faire taire le bruit quand on est tous ensemble.

Et cela signifie que je peux me faufiler dans la chambre de Colin quand je le peux.

— Je suis désolée. On est au Super Bowl. Je panique.

Le grand match est demain. Le couvre-feu est dans une heure, et je serai partie bien avant. Parce que je ne ferai rien qui puisse compromettre les chances de victoire de cette équipe.

Chacun de ces gars s'est battu durement pour en arriver là. Pour être à cette place.

Je ne peux pas être plus fière d'eux. Ayant été promue directrice de la communication l'année dernière, je connais tout le monde ici.

Et j'en suis venue à les aimer comme ma deuxième famille. Je veux qu'ils gagnent, autant que tous les hommes de cette équipe.

— Tu veux que je te détende ? demande Colin en enroulant un bras autour de ma taille, et en me poussant contre le lit. Il y a une chaleur dans ses yeux qui fait monter celle que j'ai entre les cuisses.

— Est-ce que c'est une bonne idée ? dis-je en enroulant une main autour de son cou, l'attirant vers moi. Ce ne serait pas trop te distraire ?

— Rocky. Colin se baisse et embrasse mon épaule exposée. Ce serait plus une distraction si je ne le faisais pas. Tu n'as pas rendu service à tous les fans de Denver en ne faisant pas l'amour avec moi.

J'éclate de rire.

— Ah, d'accord, c'est comme ça que tu veux la jouer ?

Il mordille ma clavicule et répond :

— Si ça veut dire qu'on fasse l'amour pour éteindre mon cerveau à propos du Super Bowl demain, eh bien oui.

Je prends son visage à deux mains et je le regarde droit dans les yeux.

— C'est tout ce que tu avais à dire. Quand est-ce que je t'ai refusé quoi que ce soit ?

— Je t'adore, Rocky.

Nous nous débarrassons de nos vêtements. La seule lumière de la pièce éclaire le corps musclé de Colin d'une lueur chaude. Nous nous embrassons et nous nous touchons comme nous seuls savons le faire.

Je ressens chaque contact, chaque mot d'amour

chuchoté alors qu'il se glisse en moi. Chaque coup de reins fait de plus en plus croître mon envie, jusqu'à ce qu'elle déborde et l'emporte avec moi dans le plaisir.

Nous sommes emmêlés dans les draps, profitant de l'amour que nous avons l'un pour l'autre.

— Je suis nerveux pour demain.

Je pose ma main sur le cœur battant de Colin.

— Je sais. C'est normal. Ce n'est pas grave.

— Tu ne vas pas essayer de m'en dissuader ?

Colin change de position, s'allongeant sur l'oreiller pour me faire face.

— Non, dis-je en faisant glisser un doigt sur sa joue. Tu seras nerveux, que je te dise que tu es génial ou non. Mais j'ai quelque chose qui pourrait te changer les idées.

— Si c'est davantage de sexe, je suis partant.

Un sourire arrogant se dessine sur ses lèvres.

— Très drôle.

J'attrape mon téléphone sur la table de nuit. En ouvrant l'application photo, je fais apparaître la vidéo que j'ai prise en début de semaine.

— Qu'est-ce que c'est que ça ?

Je lève les yeux au ciel.

— Appuie sur play.

Colin le fait, et le museau de Waffles, ainsi que notre nouveau labrador noir, une chienne nommée Pancake, remplissent l'écran.

— Waffles et Pancake ! s'exclame Colin alors qu'un sourire illumine son visage. Salut les gars !

Je ne peux que lui sourire. Il aime tellement ces deux-là. Peut-être plus que moi certains jours.

C'est discutable.

— Très bien, les gars. Qui va au Super Bowl ? m'entends-je demander dans la vidéo.

Waffles penche la tête et Pancake se couche. Aucun d'entre eux ne comprend un mot de ce que je dis.

— Vous pouvez vous tourner et montrer ce que vous portez ?

En tenant une friandise dans ma main, je les fais tourner tous les deux pour qu'ils montrent leurs nouveaux maillots. Waffles a toujours eu son propre maillot « James ». Mais maintenant, chacun d'eux porte fièrement le numéro quatre-vingt-sept.

— Waouh ! ça leur va super bien ! Représenter papa comme ça. Colin lève les yeux pour me regarder.

— Ce n'est pas tout. Je lui montre l'écran pour qu'il reporte son attention dessus.

— OK, est-ce que vous pouvez souhaiter bonne chance à papa ?

Waffles aboie et Pancake s'avance vers moi pour lécher l'écran.

— Non, Pancake. Qu'est-ce que j'ai dit ? On ne lèche pas l'écran !

Ils se déplacent et je me retrouve avec Pancake sur mes genoux et Waffles à mes côtés. Waffles, qui pèse maintenant plus de trente kilos, participe à l'action en me léchant aussi le visage.

— On t'aime, Colin. Que tu gagnes ou que tu perdes, nous serons toujours tes plus grands fans.

Colin me prend sur ses genoux et me serre dans ses bras.

— Je t'aime tellement. Je ne sais pas ce que j'ai fait pour te mériter.

J'embrasse toutes les parties de son corps que je peux trouver.

— Tu es tout pour moi, et cette vie ne serait pas aussi merveilleuse sans toi.

Le téléphone de Colin émet un bip, signalant que le couvre-feu approche.

— J'aimerais que tu puisses rester ici toute la nuit.

Je descends de ses genoux et je m'habille.

— Je sais. Mais je te reverrai bientôt.

Après avoir enfilé son caleçon, Colin me raccompagne à la porte.

— Alors, qu'est-ce que tu en penses - cent yards et deux touchdowns demain ?

— Colin ! Touche du bois !

Je toque contre la porte.

— On fait ça à chaque match. Si nous ne le faisons pas maintenant, ce sera de la malchance. Alors, qu'est-ce que tu en dis ? Tu penses que je peux le faire ?

On a toujours fait ça. Colin dit ce qu'il veut qu'il se passe dans le match. Si cela se produit, nous le fêtons. Si ce n'est pas le cas, je revois la vidéo du match avec lui pour voir ce qui n'a pas fonctionné. En général, ça ne sert à rien et on finit par faire l'amour, mais c'est notre tradition.

Une tradition que je ne peux rompre maintenant.

— Cent yards et deux touchdowns. Fais en sorte de m'impressionner.

— Tellement culottée, dit Colin en m'attirant vers lui pour m'embrasser à m'en donner des frissons.

— Je t'aime.

— Je t'aime, Colin.

Chapitre Quatre

FRANKIE

Ma vision se brouille alors que je revois une dernière fois l'attaque. En observant la façon dont le receveur se dirige vers la ligne de touche, je note une nouvelle fois comment nous pourrons tenir compte de ce facteur pendant le match.

C'est la même chose qu'hier.

Et le jour précédent.

Mais demain, c'est le Super Bowl. Le plus grand match de notre vie à tous.

Et je ne laisserai rien au hasard.

Un coup frappé à la porte détourne mon attention de la retransmission du match de championnat de L.A. En regardant à travers le judas, je vois le visage insolent de Knox me sourire.

— Qu'est-ce que tu fais ici ? je lui demande en lui ouvrant la porte.

— Tu ne pensais pas que je ne te verrais pas la veille du Super Bowl, si ?

— Tu es incorrigible.

Knox me dépasse et entre dans la pièce, son odeur s'attardant dans le petit espace.

— Ça fait combien d'années qu'on fait ça ? dit-il en se laissant tomber sur le lit, et en s'appuyant sur le montant.

Vêtu d'un jogging gris et d'un t-shirt moulant Mountain Lions, il est tout aussi sexy que le premier jour où je l'ai rencontré.

— Seulement quelques-unes.

Je m'écroule sur le lit à côté de lui, ramenant autour de mes genoux le t-shirt trop grand avec lequel je dors.

— Comment tu te sens par rapport au match de demain ?

— Je devrais te demander la même chose, répond-il.

— Je suis nerveuse. Je sais que tout le monde est prêt, mais je n'arrête pas de penser à ce qui se passera si on rate le plan de jeu. C'est le Super Bowl. Qui sait ce qui se passera lorsque les joueurs entreront sur le terrain ? Un million de choses différentes peuvent se produire et...

Knox se penche en avant, embrasse mes lèvres avec ardeur, coupant court à mes pensées. Je gémis lorsque sa langue se glisse dans ma bouche. Il n'est pas pressé, ses mains remontent le long de mes cuisses et il m'attire sur ses genoux.

— Je dirais qu'on ne devrait pas faire ça, mais c'est un excellent moyen d'évacuer le stress.

La voix de Knox est enrouée alors qu'il embrasse mon cou.

Je bouge le bassin contre lui, le sentant se durcir.

— Excellent, en effet.

Le bruit de la télévision s'immisce dans la pièce silencieuse.

— Pourquoi tu regardes encore ce match ? dit Knox en saisissant la télécommande sur la table de nuit pour éteindre la télé.

— J'essaie de glaner des informations de dernière minute si je le peux. L.A. est une bonne équipe.

— On est meilleurs. Knox ramène une mèche de cheveux derrière mon oreille.

— Je sais. C'est juste que… j'expire… Je veux ça plus que tout. Pour moi. Pour toi. Pour cette équipe. J'ai toujours l'impression de devoir faire mes preuves.

— Tu n'as rien à prouver à personne. Tu es la meilleure entraîneuse qui soit, Frankie.

Je joue avec la chaîne en or qui pend sur la poitrine de Knox. Celle que son grand-père lui a offerte il y a des années.

— J'ai l'impression qu'il faut que je gagne ce match pour ne pas avoir à prouver à tout le monde ce que je vaux.

Cela fait plus de dix ans que je suis entraîneuse dans cette ligue, et je déteste avoir encore ce sentiment parfois. Un annonceur lance une blague de temps en temps, et j'ai l'impression de devoir me battre pour montrer à tous les hommes de la Terre que je peux le faire.

Knox prend mon visage entre ses mains, ses pouces effleurant mes lèvres.

— On va gagner. Et quand on aura ce trophée, ça fera taire tous les pessimistes du monde.

— Je t'aime.

— Moi aussi je t'aime, dit Knox en changeant de position, me rapprochant de lui. Tu te souviens de ce dont nous avons parlé il y a quelques années ?

La chaleur inonde mon visage lorsque je me souviens de cette conversation après l'enterrement de sa grand-mère. Je l'ai gardé à l'esprit toute la semaine.

— Tu n'es pas en train de le faire maintenant, si ? J'ai dit qu'on devait en gagner un.

Il sourit. Ce même sourire à fossettes qui fait jaillir des

étincelles en moi. Même après toutes ces années, un seul regard de sa part et je fonds.

— C'est le week-end du Super Bowl. Alors ce soir ou demain. Qu'est-ce que tu préfères ?

— Tu ne peux pas me demander en mariage avant le Super Bowl ! je crie en le frappant sur la poitrine.

— Ce n'est pas comme si tu n'avais pas été prévenue. On en parle depuis des années.

— Et si le pire arrivait demain et que ce week-end nous le rappelait à jamais ?

Knox se moque de moi.

— Si ça arrive, tu ne crois pas que tu voudras garder un bon souvenir de ce week-end ?

— Pourquoi tu me stresses avec ça en ce moment ?

— Je parie que tu n'as pas pensé au match depuis au moins deux minutes.

Je lève les yeux au ciel tandis que Knox se penche vers moi pour m'embrasser encore. D'accord, mais ça ne veut pas dire que je ne pense pas maintenant que tu vas me demander en mariage et nous porter la poisse !

— Tu es aussi mauvaise que n'importe quel joueur, Frankie.

Knox se tourne sur le lit pour prendre quelque chose dans sa poche.

— Je te jure que si tu sors cette bague, je vais dire non.

Knox sourit en sortant son téléphone.

— Mon Dieu, je te déteste, tu le sais ?

Le diable lui-même tomberait à ses pieds devant le sourire qu'il m'adresse.

— Non, tu m'aimes.

Je lève les yeux au ciel.

— Pourquoi ? ça, je ne sais pas.

• Je peux trouver plein de raisons…

Il laisse la phrase en suspens pour saupoudrer mon cou de baisers.

— Tant que tu gardes ces raisons pour toi jusqu'à demain soir.

— Très bien.

Knox se retourne et me plaque contre le lit. Son visage est à quelques centimètres du mien.

— Mais ne te méprends pas, Francesca Rose. Il n'y aura pas qu'une seule bague demain soir. Considère ceci comme un avertissement.

Chapitre Cinq

ALEX

— Est-ce qu'il y a une raison pour que personne ne respecte le couvre-feu ce soir ? dit Knox en me donnant une tape dans le dos, tandis que les gars s'engouffrent dans la pièce.

— Qui l'eût cru ? Knox Fisher qui n'a pas envie de briser les règles, répond Logan en riant.

Knox le fait taire d'une main.

— Le couvre-feu est dans trente minutes, du con.

— Alors on n'enfreint aucune règle.

Je me sens comme un papa fier de ses enfants en regardant ces gars se rassembler.

— Ne vous inquiétez pas, ce ne sera pas long.

— On joue au Super Bowl demain, dit Logan d'un ton plein d'admiration.

— Je ne crois pas que je pourrai dormir cette nuit, dit Colin.

— Et si tu prenais un petit verre ? lui dis-je en sortant l'unique mignonnette de bourbon du minibar.

— Ça ne ferait même pas de mal à un bébé, dit Knox en plaisantant.

— Alors ça ne nous fera aucun mal de prendre un petit verre avant demain. Je ne sais pas pour vous les gars, mais j'ai besoin de me calmer les nerfs.

J'ai eu des accès de nervosité et d'anxiété toute la journée à cause du grand match de demain. Tous les enfants qui ont joué au football dans leur jardin voudraient soulever ce trophée. C'est tout ce pour quoi nous avons travaillé au cours de nos carrières professionnelles et c'est enfin arrivé. J'étais bien hier quand j'ai raccroché d'avec Carter et Angie, mais après avoir revu notre plan de jeu aujourd'hui, j'ai enfin senti que c'était réel.

Nous y sommes. Après avoir passé une décennie à donner tout ce que j'avais à ce jeu, il est là.

Ce n'est pas un match comme les autres.

C'est le grand match.

Le putain de Super Bowl.

Je verse une rasade dans chaque verre et les tends à chacun.

— Comment ça va Jackson ?

Il fixe la fenêtre qui donne sur les Rockies.

— Tu sais, j'ai rêvé de ce moment depuis que je joue au football. Et la seule chose à laquelle je pense c'est Tenley.

— Comment elle va ? demande Knox, en sirotant son verre.

— Le médecin a dit qu'elle allait bien. C'est pas pour ça que je m'inquiète pas.

— Et si le bébé arrive pendant le match ? demande Logan. Vous devriez l'appeler Lombardi.

Jackson lui donne une tape sur l'arrière du crâne.

— Ne plaisante pas avec ça. Je ne peux pas rater la naissance de ma fille.

— Logan plaisante, je le rassure avant de foudroyer ce

dernier du regard. Ne l'énerve pas plus qu'il ne l'est déjà, dis-je à ce dernier.

— En plus, Lombardi ce serait vraiment moche pour une fille, fait remarquer Colin.

— Hé, peut-être que ça détournerait son esprit du jeu, dit Logan.

— Ne t'inquiète pas. Je serai concentré pendant le match. Occupe-toi seulement de ce ballon, rétorque Jackson.

— Et toi occupe-toi juste de ces field goals.

— Je pense que nous savons tous comment faire notre boulot à ce niveau. Ça nous a amenés là, non ? Je jette un œil sur Logan. Tu es prêt à attraper ces ballons ?

— Je sens qu'il y a une mauvaise blague là-dessous, dit Logan. Je vais me comporter en adulte et l'ignorer.

— Merde. Il a fallu qu'on joue au Super Bowl pour que le gamin grandisse, dit Knox en lui ébouriffant les cheveux tandis que Logan essaie de l'éviter.

— On le fait ce toast Alex, ou quoi ? dit Colin en me donnant un coup de coude dans les côtes. C'est bien pour ça que tu nous as appelés, non ?

Je pouffe en regardant dans mon verre.

— C'était si évident ?

Colin fait un geste en espaçant son pouce et son index de deux centimètres.

— C'est le plus grand match qu'on ait joué. Je ne pouvais pas laisser passer cet instant comme ça.

— D'accord, écoutons ça, dit Knox en s'appuyant sur la commode.

Un sourire tranquille se dessinant sur son visage.

— Tu es bien trop calme pour moi en ce moment, dit Colin en agitant une main dans sa direction.

— Tu serais trop...

— Personne ne veut entendre parler de ta vie sexuelle, Knox, le coupe Jackson.

Il sourit.

— Si c'est ce que tu penses, bien sûr, fais-toi plaisir.

— Pour changer de sujet, dit Logan pour couper court à tout autre commentaire entre les deux hommes.

Il me fait un signe de tête, me donnant la parole.

— Je ne pense pas avoir besoin de vous dire à quel point le match de demain est important.

Je regarde chaque gars face à moi.

— Un dimanche comme les autres, c'est ça ? dit Colin en me souriant.

Je lui rends son sourire.

— Il y aura beaucoup d'apparat autour du match, mais oui, c'est un dimanche comme les autres. Nous avons revu notre plan de match. Si nous nous y tenons, nous serons bons. L.A. est une équipe difficile, mais nous nous sommes battus pour en arriver là. Ces dernières années ont été difficiles. Nous aurions dû être ici avant, mais ça n'a pas d'importance. Nous sommes ici maintenant.

— Putain de Vegas, murmure Knox.

C'est la défaite qui a fait le plus mal, la défaite contre nos grands rivaux. Nous la ressentons tous encore, même après toutes ces années.

— On ne peut pas penser à ça. Pas maintenant. C'est enfin notre heure.

Je lève mon verre et tout le monde fait de même.

— Il n'y a personne d'autre que vous avec qui je préférerais être dans ce match. Uniquement cette équipe.

Je regarde chaque gars. Depuis que nous avons été recrutés, nos vies ont changé pour le meilleur. Des maris. Des femmes. Des enfants. Des chiens. La famille.

— Chacun d'entre vous est comme un frère pour moi.

Et quoi qu'il arrive demain, nous resterons une famille… une équipe. On gagne tous ensemble, on perd tous ensemble. Peu importe ce qu'il arrive. Aux Mountain Lions !

— Aux Mountain Lions !

Chapitre Six

TENLEY

— Tante Peyton, je peux encore avoir des nachos ? demande Noah, du fromage étalé sur son visage.

— Je ne sais pas. Ta mère est d'accord ? demande-t-elle en se mettant à sa hauteur.

— Maman, je peux encore avoir des nachos ?

Je souris en me frottant le ventre.

— Bien sûr, mais n'en mange pas trop.

— Ouii ! Il lève ses petits bras. Peut-être que je peux aussi avoir un cookie en plus !

— Noah...

— Quoi ?

Il hausse les épaules et suit Peyton dans le box VIP.

Je me concentre à nouveau sur le match. Après qu'Alex a lancé un pick-six au début du deuxième quart-temps, on peut voir les épaules s'affaisser. Les Mountain Lions ne croient pas en leur capacité à revenir au score. Mais Alex les conduit sur le terrain.

Après quelques minutes, Peyton s'assied à côté de moi.

— Savent-ils qu'ils ne nous facilitent pas la tâche ? Je me caresse le ventre en regardant le tableau d'affichage.

Denver est mené 21 à 3 et Jackson s'élance pour espérer combler l'écart.

— Respire profondément, mama. Il reste encore beaucoup de football à jouer, dit Peyton en me serrant les épaules.

— Est-ce que Noah est encore en train de manger ?

Je jette un coup d'œil autour de nous pour essayer de voir où il est.

— Il est avec ta mère. Il voulait lui montrer son nouveau maillot.

Je souris. Jackson lui en a donné un nouveau avec l'écusson du Super Bowl avant de partir. Il n'aurait pas pu être plus excité.

— Dieu merci, ils sont là.

Alors que le coup de pied de Jackson fait passer le ballon à travers les montants, une douleur s'installe dans le bas de mon dos. Une douleur que j'ai ignorée toute la journée parce que des contractions de Braxton-Hicks m'ont tourmentée ces derniers jours.

— Ça va ? demande Peyton. Ton médecin a dit que tu pouvais venir, n'est-ce pas ?

La petite Fields doit naître dans trois semaines, mais je prie pour qu'elle tienne au moins quelques heures de plus.

— C'est bon. C'est juste que je n'arrive pas à être à l'aise.

Je change de position dans le fauteuil, essayant de trouver une meilleure place.

— Je me sens comme une baleine, j'ajoute.

— Tu es magnifique. La maternité te va bien, dit Peyton en me faisant un sourire radieux.

C'est devenu une bonne copine ces dernières années.

Mon sourire est le même que le sien. Peu de temps après notre mariage, Noah est entré dans notre vie. Il est notre fierté et notre joie, et il n'y a personne qu'il aime plus au monde que son père.

— Maman, tu as vu le coup de pied de papa ? Il a réussi !

Il tend ses petits bras en l'air avant de sauter sur le siège à côté de moi.

— Oui, j'ai vu. Encore quelques coups comme ça et Denver sera de nouveau dans le coup.

Je me le dis plutôt à moi-même, stressée de voir à quel point l'équipe est à la traîne.

— Papa va y arriver !

Noah enroule ses bras autour de mon ventre alors que nous nous concentrons tous les deux sur les deux dernières minutes de la mi-temps.

— Tu rates tout, petite sœur. Papa participe au Super Bowl et je veux vraiment qu'il gagne.

Les mots chuchotés par Noah à sa sœur me remplissent le cœur. Il l'aime tellement alors qu'elle n'est même pas encore là.

— Elle sera là... je m'interromps alors qu'une vague d'eau chaude envahit mes pieds.

— Baaah ! Maman a fait pipi dans sa culotte ! s'écrie Noah en sautant loin de moi.

— Oh, non. Non, non !

LES DERNIÈRES SECONDES de la mi-temps s'égrènent tandis que j'essaie de respirer malgré la douleur qui me frappe.

Ce n'est pas possible.

— Tenley ! Oh mon Dieu ! Est-ce que c'est bien ce que je crois ? demande Peyton en regardant autour de moi, cherchant une confirmation.

Carter et Angie sont à ses côtés.

— Euuh, oui ?

— Oui ou non ? Ce n'est pas une question difficile. Est-ce que tu viens de perdre les eaux ?

Son ton est très sévère et elle me lance un regard noir.

— De toute évidence, oui. Mais qu'est-ce que je suis censée faire ? On est en plein Super Bowl !

— Je crois que ta fille s'en fiche. Où est ta mère ?

Peyton se met en action alors que je respire profondément.

— La petite arrive ?

Le père de Jackson descend la rangée de sièges et empoigne Noah, qui a toujours un air horrifié.

— Hum, hum, dis-je en me frottant le ventre, essayant de respirer pendant une contraction.

Les Braxton-Hicks, tu parles !

— Elle n'est pas censée être là avant quelques semaines.

— Je suppose qu'elle veut voir son père gagner le Super Bowl.

— Bon, dit Peyton en revenant, les ambulanciers arrivent et vont t'emmener à l'hôpital. Ta mère et la mère de Jackson t'accompagneront, et on dira à Jackson que...

— Non ! je crie, essayant de me lever. Tu ne peux pas lui dire avant la fin du match. Il doit être là pour son équipe !

Les lumières s'éteignent alors qu'on prépare le terrain pour la mi-temps.

Et merde, je voulais vraiment voir les Backstreet Boys.

— Tu es sûre ? demande Peyton.

Je hoche la tête.

— Oui. Je veux qu'il reste ici.

Carter s'approche du premier rang et me tend les deux mains pour m'aider à me relever.

— Qu'est-ce qu'on peut faire pour t'aider ?

Je m'appuie sur lui, parcourant la courte distance jusqu'aux ambulanciers qui attendent dans le box.

— T'assurer que Noah n'est pas trop turbulent ?

Carter me sourit.

— Il peut jouer avec Angie. Ça va aller.

J'essaie de sourire, mais c'est plutôt une grimace.

— Merci. J'espère que ça ne dérange pas trop.

— Ce sera un bon entraînement pour quand nous en aurons deux, répond Carter en me faisant un clin d'œil.

— Vous allez en avoir un autre ? je lui demande alors qu'il m'aide à m'installer sur le fauteuil roulant.

— Pas encore. Mais quand ce sera le cas, je ne manquerai pas de te demander conseil.

Une autre contraction survient.

Le bébé arrive à toute vitesse.

— Je te le demande une dernière fois, mais tu es sûre de ne pas vouloir qu'on le dise à Jackson ?

Je respire malgré la douleur et je hoche la tête.

— Je suis sûre.

Le père de Jackson arrive avec Noah.

— On fera en sorte qu'il arrive à temps. Occupe-toi de toi, dit-il en me serrant la main.

— Et toi, monsieur… je fais un baiser à Noah sur la joue… encourage papa très fort et reste avec grand-père, d'accord ?

Noah hoche furieusement la tête.

— D'accord, maman ! Amuse-toi bien !

Je lui fais un sourire alors qu'on m'emmène en fauteuil roulant hors de la suite. S'amuser n'est pas le bon mot pour ce qui est sur le point de se produire.

Chapitre Sept

KNOX

Putain.

Les choses ne vont pas dans notre sens. Après un pick-six tardif de L.A., ils sont en train de nous botter le cul. Dans notre propre stade.

Les gars sont abattus. Nous avons tous joué de tout notre cœur, mais nous n'avons plus grand-chose à montrer.

Sans Jackson, nous serions complètement largués.

L'abattement règne dans les vestiaires. La moitié de l'équipe a la tête baissée tandis que l'autre moitié semble épuisée.

On entend la musique étouffée du spectacle de mi-temps.

Mais je m'en fous.

Tout ce qui m'importe, c'est qu'il nous reste trente minutes de football.

Dire que nous ne jouons pas notre meilleur football en ce moment est un euphémisme.

Et pour ma part, je m'en moque.

— OK, c'était une première mi-temps de merde, dis-je en me plaçant au centre du vestiaire.

Quelques têtes se lèvent.

— Tu peux répéter ça ? marmonne quelqu'un.

— C'est vrai. Mais ce n'était la faute de personne en particulier. Alex… je le désigne, que peux-tu faire de mieux en deuxième mi-temps ?

— Peut-être atteindre mes objectifs ? ricane-t-il.

— Colin ? Je tourne mon regard vers lui.

— Attraper vraiment les passes qu'Alex me fait ?

J'acquiesce.

— On est menés de quinze points grâce à Jackson qui a comblé l'écart. Combien de touchdowns on a de retard, Logan ? je demande en le regardant.

Il a l'air de penser qu'il s'agit d'une question piège.

— Deux, plus une conversion à deux points.

— C'est clair. Je sais que je n'ai pas joué de mon mieux, mais il nous reste trente minutes pour inverser la vapeur.

Alex se lève, s'avance vers moi et me tape sur l'épaule.

— Knox a raison. Le match n'est pas terminé. Je ne sais pas ce qu'il en est pour vous, mais je ne suis pas venu jusqu'ici pour me coucher par terre et leur faire cadeau du match. Certainement pas !

L'énergie change dans le vestiaire. Les épaules ne tombent plus. Tous les regards sont tournés vers Alex et moi.

— Perdre, ce serait nul, déclare Colin en venant se placer à côté de nous. Je ne veux pas porter le poids d'une défaite au Super Bowl pour le reste de ma vie. Parce que c'est ça qu'on fera, vous le savez bien. Chaque fan se souviendra de cette saison. Nous avons joué le meilleur match de notre vie en saison régulière, mais nous n'avons pas réussi à gagner le Super Bowl.

— Je ne veux pas de ça. Et toi, Alex ?

— Putain, non !!

Les gars commencent à se lever, à venir au centre du vestiaire. L'entraîneur Brooks nous regarde en essayant de cacher un sourire.

— La première mi-temps est derrière nous. C'est terminé. Mettez ça sur le compte de la nervosité, d'un mauvais jeu, de ce que vous voulez. Je regarde autour de moi. En deuxième mi-temps, on se montre. Nettoyez vos itinéraires. Pas de pénalités stupides. Allons-y et jouons le football des Mountain Lions dont je sais que nous sommes tous capables.

— James, qu'est-ce que Peyton et toi faites toujours avant un match ? demande Logan.

Il sourit.

— Je lui dis combien de yards et le nombre de touchdowns je vais faire.

— Et tu en es où ?

— Trente-sept yards. Pas de touchdown. Il secoue la tête avant de regarder Logan. Tu penses que je peux combler l'écart en deuxième mi-temps ?

Logan fulmine.

— Pas si je cours moi-même avec le ballon pendant cent yards et un touchdown.

Alex s'interpose entre les deux et les entoure de ses bras.

— Et si je vous donnais à chacun un touchdown ? Ça réduira l'écart.

Jackson intervient.

— J'ajouterai deux ou trois field goals pour adoucir l'affaire.

Je souris comme un idiot. C'est l'énergie dont nous avons besoin.

— Peut-être que je vais forcer un fumble[1] quelque part

---

1. Un fumble se produit lorsqu'un joueur qui a la possession et le

aussi.

— Pourquoi ne pas y ajouter une récupération ? dit Colin.

— Putain, ouais ! Ça m'a l'air super, ça ! Je lui donne une claque sur les épaulettes. Très bien, les gars, on y va !

Tout le monde se presse au centre de la pièce.

— Capitaine ? Je me tourne vers Alex. C'est toujours lui qui fait les grands discours.

— C'est à toi de jouer, mon pote. Il lève le bras et nous l'imitons tous.

Je souris. Mes yeux rencontrent ceux de Frankie sur le côté du vestiaire. Ses yeux sont humides, mais le « je t'aime » silencieux qu'elle m'adresse ne m'échappe pas.

Il est hors de question qu'on perde ce soir. Parce que cette femme mérite deux bagues ce soir, pas une seule.

— On ne peut pas marquer quinze points en une seule fois. Je regarde tous les joueurs autour de moi. Lentement et régulièrement. Un seul drive. Un jeu. Un arrêt. Jouez votre jeu, un football intelligent et propre. C'est notre heure. Personne ne va nous battre dans notre propre maison !

— Bien sûr que non !

— Gagnons pour Denver !

Leurs paroles me donnent des frissons. L'entraîneur s'avance au centre du terrain.

— Coach, ramenez le trophée à la maison !

Il sourit et lève les mains pour taper dans celles de tout le monde.

— Je ne sais pas quoi dire de plus. Allez-y, jouez comme vous aimez et ramenons une victoire en championnat pour Denver !

---

contrôle du ballon, le perd avant d'être plaqué ou avant qu'il ne marque ou avant qu'il ne sorte des limites du terrain.

— Famille, un, deux, trois…
— Famille !!
Rien ne nous sépare plus de cette victoire.

Chapitre Huit

— Très bien, les gars. C'est le moment. Dix yards et nous sommes en tête. Vous pensez qu'on peut y arriver ? demande Alex dans la mêlée, en regardant chacun d'entre nous dans les yeux.

Il reste une minute au chrono. Nous sommes menés de trois points. Après avoir été menés de dix-huit points à un moment donné, personne ne pensait que nous en serions ici. Nous nous sommes battus bec et ongles pour en arriver là.

34-31.

Pour gagner ce putain de Super Bowl.

— Allons-y, putain, dis-je en lui tapant sur l'épaule.

— Rodgers. Tu es prêt ? demande Alex à notre coureur de réserve.

Logan s'est écroulé au troisième quart-temps après avoir reçu un mauvais coup à la jambe. Se faire sortir du terrain en civière pendant le Super Bowl n'est pas ce que l'on souhaite.

Mais il a contribué à nous mettre à cette place.

— Prêt, Alex.

Il lance le jeu et nous nous alignons. Notre ligne offensive repousse la défense tandis que Rodgers court pour marquer trois points.

Un autre run.

Cette fois pour quatre yards.

— Trois yards. Colin, c'est à toi.

On pourrait voir mon sourire depuis l'espace.

— Allons-y, Alex.

— Blackbird Trente-deux à trois.

On défait la mêlée et je cours vers ma place. Le safety en face de moi est celui que Peyton m'a fait regarder en vidéo encore et encore.

Et encore une fois, juste pour être sûr de bien saisir son jeu.

Coupe à droite pour le contrer.

Le ballon est lancé et je m'élance vers le milieu du terrain. Au moment où je pense qu'il m'a eu, je coupe à droite. Il part à gauche et la spirale parfaite atterrit dans mes mains.

— Touchdown. Numéro quatre-vingt-sept. Le receveur Colin James, dit la voix dans les haut-parleurs du stade.

— La meilleure passe de ta vie !

Je saute dans les bras d'Alex alors que ce qui semble être la moitié de l'équipe se jette sur moi dans la zone d'en-but.

— La meilleure réception de ta vie ! me répond Alex en écho. On mène !

Jackson entre sur le terrain en trottinant, nous contournant tous pour rester dans la zone. Un point supplémentaire plus tard, nous menons 38-34.

Il reste trente-quatre secondes au chrono.

— Très bien, les gars. Ne leur donnez pas un yard. Pas un seul putain de yard ! dit Knox en courant le long de la ligne de touche, encourageant la défense.

Je suis debout sur le banc à côté d'Alex, le cœur serré.

Le ballon est botté et le retourneur de l'équipe spéciale de Los Angeles regarde le ballon filer au-dessus de sa tête jusqu'à la zone d'en-but.

— Je ne peux pas regarder.

Alex se tord les mains l'une contre l'autre et fixe le sol. Tout le monde dans le stade est debout.

Il y a plus de supporters des Mountain Lions que de supporters de Los Angeles, donc c'est bruyant. Ce n'est pas ce à quoi nous sommes habitués, mais l'énergie est en notre faveur.

Ils obtiennent facilement cinq yards sur le premier jeu, mais le chronomètre ne s'arrête pas. Aucune des deux équipes n'a de temps mort. L.A. est rapide sur la ligne.

Le ballon est lancé et tout se passe au ralenti. Knox bat le gardien et atteint le quarterback. Le ballon est perdu et c'est le chaos sur le terrain.

— Allez me chercher ce ballon ! je crie comme un fou, mais ça ne changera rien.

— Qui l'a ? Alex me serre l'épaule en regardant l'écran. Qui a le ballon ?

Les arbitres repoussent les gars de la mêlée pour essayer de trouver le ballon. Et quand ils y parviennent, c'est notre gars qui l'a en main. Le ballon est dans la main de ce putain de Knox Fisher.

Le ballon de Denver.

Le chronomètre descend à zéro.

Le match est terminé.

Les Mountain Lions de Denver sont champions du Super Bowl.

— Oh putain ! je plaque Alex au sol. On a réussi ! On l'a fait, putain !

— On l'a fait !

On pleure tous les deux pendant que les canons lancent des confettis sur le terrain.

— Il y a de la place pour moi dans ce câlin ? Knox est à nos côtés et laisse tomber son casque.

— Le meilleur joueur de la ligue !

Je me lève pour le serrer dans mes bras et Alex fait de même.

— C'était le match de l'année, acquiesce Alex.

— Non, cette passe était vraiment géniale.

— Pas aussi bien que ma réception.

— D'accord pour ne pas être d'accord, dit Alex alors que Jackson se joint à la mêlée.

— Putain de champions, bébé ! Son visage est mouillé de larmes.

Nous pleurons tous et personne ne s'en soucie. Des casquettes de champion sont remises à chacun d'entre nous alors qu'un podium commence à être construit sur le terrain.

Je vous aime, les gars. Alex est bouleversé.

— Je n'arrive pas à croire qu'on a enfin gagné !

— On a réussi ! gazouille Jackson.

— Putain de champions ! s'écrie Knox.

Alors que les familles commencent à entrer sur le terrain, nous nous séparons pour retrouver nos proches. L'absence de mon père devrait me faire plus mal, mais ce n'est pas le cas. Même après toutes ces années, il n'a toujours pas tendu la main pour qu'on se réconcilie.

Mais grâce à la femme qui vient vers moi, je vais bien. Et ce sera toujours ainsi. Elle s'arrête devant moi, les mains enfoncées dans les poches arrière de son jean. Elle est toujours aussi sexy avec son maillot de quatre-vingt-sept.

— Seulement quatre-vingt-dix-sept yards, James ? Et un seul touchdown ? Tu me déçois. Elle lutte contre un sourire.

— J'espère que le fait que ce soit le touchdown décisif compensera les trois yards et le touchdown que je n'ai pas obtenus.

Peyton hausse les épaules avant de se jeter dans mes bras.

— Tu parles, oui bien sûr ! Je suis tellement fière de toi. Tu as gagné. Oh, mon Dieu, tu as réussi !

Elle me couvre de baisers. Son visage est aussi mouillé que le mien.

— On a réussi. Je n'arrive pas à croire qu'on ait réussi !

— Tu penses que la prochaine fois, tu pourras nous faciliter un peu la tâche ?

Je pose ma casquette sur sa tête, en la tournant vers l'arrière pour pouvoir voir son visage.

— Ce n'est pas comme si on voulait que ce soit si difficile.

Peyton passe ses bras autour de mon cou et pose son front sur le mien.

— Tu n'es pas content qu'on ait regardé toutes ces vidéos ?

Je souris jusqu'aux oreilles.

— Tu sais ce que ça veut dire, n'est-ce pas ?

— Je sais. Son sourire égale le mien.

— À chaque Super Bowl, toi et moi. On regarde des vidéos.

— D'accord.

Peyton et le football.

C'est tout ce dont j'aurai jamais besoin.

Chapitre Neuf

CARTER

—Je n'arrive pas à croire qu'ils ont gagné !

Tommy me tape sur l'épaule alors que tout le monde dans le box familial se prépare à descendre sur le terrain. Je ne pensais pas qu'ils pouvaient le faire.

— Je savais que papa gagnerait, oncle Tommy, dit Angie l'ait furieuse en se tournant vers lui.

C'est un sacré changement de ton par rapport au moment où elle était presque en larmes, il y a à peine vingt minutes. Dieu merci, ils ont gagné.

— Tu as raison, mon chat. Que dirais-tu d'aller le voir ?

Son visage est radieux et elle me saute dans les bras.

— On peut le voir tout de suite ?

J'acquiesce.

— Oui, mais tu dois rester avec l'un d'entre nous, d'accord ? Il va y avoir beaucoup de monde là-bas.

Elle hoche la tête et prend mon visage dans ses petites mains.

— Devine quoi, Papa ?

— Quoi ?

— Papa a gagné le Super Bowl !

Mon sourire est semblable au sien.

— Oui, papa a gagné le Super Bowl !

Angie se tourne vers Tommy lorsque l'ascenseur arrive.

— Devine quoi, oncle Tommy ?

Il lui fait son plus beau regard pensif.

— Papa a gagné le Super Bowl ?

Elle s'écrie en levant les bras en l'air.

— Ouii ! Papa a gagné le Super Bowl !

Tout le monde rayonne de fierté tandis que nous nous frayons un chemin dans le stade. Ma mère pleure en allant voir mon père. Les parents d'Alex ont encore des larmes qui coulent sur leurs joues.

La route a été longue. Il y a eu des jours où je me suis demandé si nous arriverions un jour à ce stade.

Mais nous y sommes.

Je n'aurais jamais imaginé qu'Alex et moi en serions là il y a cinq ans. Il avait peur de vivre sa sexualité au grand jour, et je ne voulais pas retourner dans le placard pour lui. Mais depuis qu'il a fait son coming-out, nous avons été l'un à côté de l'autre tous les jours. Le mariage. Les enfants. Je ne m'attendais pas à tout cela avec Alex, mais la vie que nous avons créée est meilleure que tout ce que j'aurais pu imaginer.

C'est le chaos le plus total lorsque nous entrons sur le terrain. Les canons à confettis continuent d'exploser et les joueurs courent dans tous les sens pour se féliciter les uns les autres. Angie est dans mes bras, essayant d'attraper tous les confettis qu'elle peut. Je la dépose sur le sol et je cherche Alex.

— Papa ! Les confettis sont de la couleur de Denver !

Elle n'a rien d'autre à faire que d'essayer de mettre autant de confettis que possible dans les poches de son manteau.

Jackson passe à toute vitesse devant nous, sans doute parce qu'on lui a annoncé la nouvelle pour Tenley. C'est alors que mes yeux se posent sur Alex. L'entraîneur du quarterback le félicite alors que nos regards se croisent. Mon cœur bat à tout rompre dans ma poitrine. Je peux sentir son bonheur d'ici. Son sourire n'a jamais été aussi éclatant.

Je m'accroupis pour me mettre à la hauteur d'Angie.

— Tu veux aller voir papa ?

Elle lève les yeux sur moi et le cherche partout.

— Où il est ?

Je lui montre l'endroit où il se tient, et elle écarquille les yeux, excitée de voir l'une des personnes qu'elle préfère au monde. Elle se met à courir. Pour une enfant de quatre ans, elle est rapide. Dans son sillage, des confettis sortent de ses poches.

Alex l'attend les bras ouverts et la soulève dans les airs.

— Tu as gagné, papa ! Ses petits bras serrent son cou lorsque je m'approche d'eux.

— Oui, on a gagné.

Sa voix tremble quand je les serre tous les deux dans mes bras. La vie n'a jamais été aussi belle qu'en cet instant. Mais je sais que bientôt, elle le sera encore plus.

ALEX

LA VIE ne pourrait pas être plus belle. Avec Angie et Carter dans mes bras et des confettis qui pleuvent sur nous, c'est carrément parfait. Dès que je les ai vus sur le terrain, ma gorge s'est nouée. Mais avec eux dans mes bras, j'ai du mal à retenir mes larmes.

— Tu as réussi, dit Carter en me serrant contre lui.

J'enfouis mon visage dans son cou, laissant les larmes couler.

— Tu as gagné le Super Bowl !

Sa voix est pleine de fierté.

— Je n'arrive pas à croire qu'on l'a fait.

Carter s'écarte et prend mes joues dans ses mains. C'était le meilleur match de football que j'aie jamais vu.

Je ne peux m'empêcher de rire. Il y a quelques années à peine, il ne voulait rien avoir à faire avec les sportifs ou le football. Mais aujourd'hui, il apprend à Angie autant de choses que moi sur ce sport.

— Tu m'as fait faire une crise cardiaque !

— Peut-être qu'on rendra le prochain plus facile.

Carter me sourit.

— Ça me plaît bien cette idée.

— Tu pourras jouer au Super Bowl l'année prochaine, papa ? demande Angie.

— On verra bien. Il faut qu'on y arrive.

— Tu y arriveras. Tu es le meilleur joueur de football du MONDE ! Je t'aime tellement, papa.

Je la serre contre moi. Si seulement tous les analystes disaient cela de moi. Il n'y a rien de tel que d'être le papa de cette fille.

— Pas autant que moi je t'aime. Les larmes coulent à nouveau lorsque mes parents et Tommy apparaissent.

— Belle victoire, mon frère, dit Tommy, la langue contre sa joue.

Je lève les yeux au ciel.

— Merci. Je suis content de t'avoir impressionné.

— Ne l'écoute pas, dit papa en me tapant sur l'épaule. C'était un sacré match, fiston. Nous sommes très fiers de toi.

Carter me prend Angie des bras pour que je puisse les

serrer tous les deux. Les mots me manquent. Il y a tellement d'amour en ce moment que je ne sais pas où me
mettre.

— Il fallait que tu fasses ton come-back, hein ? dit
Tommy taquin.

— Hé, on a gagné, non ?

Maman pleure et Angie est de nouveau par terre,
faisant des anges dans les confettis. Il n'y a rien de mieux
que de voir la joie sur le visage de ma fille. Carter me
regarde comme si j'avais décroché la lune.

— Ce dernier drive ? J'ai cru que j'allais vomir. Je ne
sais pas comment tu fais. Tommy me prend dans ses bras.

Je lui rends son étreinte. Je ne sais pas si j'en serais là
sans son soutien.

— Je suis content que tu aies été là pour le voir.

— Je ne pouvais pas être ailleurs. Je t'aime, Alex. Il
s'écarte, en essuyant une larme.

— Vous allez tous les deux me faire recommencer, dit
maman, les larmes coulant encore sur son visage.

En essuyant mes propres larmes, je me tourne vers elle
et la serre dans mes bras.

— Je ne crois pas que tu n'aies jamais arrêté, maman.

— Oh, chut ! Elle me donne un coup sur la tête.

— Alex. Ils se préparent à remettre le trophée. On a
besoin de toi sur le podium.

Je fais un signe de tête à l'employé de l'équipe qui est
apparu à mes côtés et je lâche ma mère.

— Angie. Tu es prête à aller chercher ce trophée ?

— Je pourrai le tenir ? demande-t-elle. Je me baisse
pour la prendre sur mes épaules.

— Après que chacun ait eu son tour.

Elle me tapote la tête, pour me dire d'avancer plus vite
vers le podium.

— J'y vais, j'y vais.

Tous les gars sont rassemblés autour de la scène, sauf un.

— Où est Jackson ?

Carter m'arrête au milieu du chaos.

— Personne ne te l'a dit ?

— Non. Qu'est-ce qui s'est passé ?

Carter est rayonnant.

— Le travail avait commencé.

— C'est pas possible.

Angie me fait relever la tête pour que je la regarde.

— Est-ce que j'aurai une petite sœur comme Noah ?

— Euh...

— Et si on en parlait plus tard, ma chérie ? dit Carter en me coupant la parole.

Dieu merci, elle se contente de hausser les épaules alors que nous arrivons sur la scène. L'entraîneur est là pour nous accueillir.

— Grand-père ! On a gagné ! On a gagné le Super Bowl !

À ce stade, je ne sais pas qui est le plus excité, moi ou Angie.

— Tout ça grâce à ton père. Il me tape sur l'épaule.

Mes yeux sont de nouveau humides. J'ai l'impression que cette nuit va être une nuit de larmes sans fin.

— Je n'aurais pas pu le faire sans vous, Coach.

— Nan, je pense que tu aurais pu. Mais qu'est-ce que tu en dis ? Allons chercher ce trophée, M. Meilleur joueur de la ligue !

— Tu es sérieux ? demande Carter à côté de moi.

Il acquiesce.

— Après cette remontée en deuxième mi-temps ? Il le mérite amplement.

Carter serre son père dans ses bras avant que je ne le

prenne à mon tour dans les miens, ce qui n'est pas évident, Angie étant toujours assise sur mes épaules.

— Ça veut dire que tu es le meilleur joueur, papa ? demande Angie depuis son perchoir.

Je m'apprête à répondre, mais l'entraîneur me coupe la parole.

— C'est vrai. Et ne le laisse pas te dire le contraire. Viens faire un câlin à grand-père.

Il soulève Angie de mes épaules et l'emmène avec lui sur le podium.

—Je n'ai pas l'impression que c'est réel, dis-je tout bas pour que seul Carter puisse m'entendre.

— Tu vas probablement en avoir marre d'entendre ça, mais je suis tellement fier de toi. La force qu'il t'a fallu pour revenir comme ça ? dit Carter dont les yeux sont humides. Peu de gens pourraient le faire, Alex. Mais tu l'as fait. Je t'aime tellement et j'ai hâte de fêter ça avec toi. Seulement toi.

Je lui donne un baiser. Trop court.

—Je ne me lasserai jamais d'entendre ça.

— Tant mieux, parce que je n'arrêterai jamais de le dire. Maintenant, dit Carter en me poussant vers le podium, va chercher ce trophée.

Quel plaisir d'entendre ça.

Chapitre Dix

KNOX

— Je n'en reviens pas que l'aies fait ! dit Frankie en me sautant dans les bras. Les confettis couvrent le terrain alors que je la serre contre moi. C'était le meilleur match que j'aie jamais vu.

— Tout ça grâce à toi, dis-je en enfouissant mon visage dans son cou. Je ne serais pas la moitié du joueur que je suis si tu n'étais pas là.

Frankie me regarde, les cheveux cachés sous le bonnet de l'équipe. Il fait froid, mais pas aussi froid que cela pourrait l'être.

— On a gagné ensemble. Combien de personnes peuvent dire ça ?

Je la serre plus fort contre moi. Il a fallu s'adapter à ne pas avoir Frankie comme entraîneuse. Mais c'était bien mieux que l'alternative de la voir partir ailleurs. Je n'aurais jamais été là sans la femme que je tiens dans mes bras.

— Je t'aime, Frankie.

— Pas autant que moi je t'aime.

Je l'embrasse, sans me soucier des gens qui nous

entourent. Je suis sûr que ce moment est immortalisé par les dizaines de photographes présents sur le terrain.

J'espère que quelqu'un m'en enverra une copie.

Parce que la vie ne peut pas être plus belle que ça.

— Tu peux prendre une minute pour dire bonjour à ta mère ?

En m'écartant de Frankie, je vois ma mère debout à côté de moi avec mon maillot, les yeux rougis par les pleurs.

— Salut, maman.

Je la serre dans mes bras à lui rompre les os.

— Je suis si fière de toi, dit-elle alors que sa voix recommence à trembler. Tes grands-parents le seraient aussi.

Les larmes recommencent à couler. S'il y a quelque chose qui pourrait rendre cette victoire plus douce, ce serait leur présence.

Avoir le soutien des deux personnes les plus importantes de ma vie, et les avoir à mes côtés en ce moment, c'est vraiment spécial.

— Je suis un champion du Super Bowl.

Je recule d'un pas, essayant de respirer calmement. Frankie est tout aussi émue lorsqu'elle serre ma mère dans ses bras. Depuis qu'elles se sont rencontrées, elles s'entendent comme larrons en foire.

— La première femme à gagner un Super Bowl en tant qu'entraîneur. C'est pas mal, ma chérie, dit Maman en tapotant la joue de Frankie. Je ne sais pas qui est le plus fier, moi ou Frankie.

— Je vais me repasser ça en boucle ! me dit-elle en se tournant vers moi.

— En parlant de boucle, ou d'anneau… dis-je en laissant ma phrase en suspens, observant la palette d'émotions qui traverse le visage de Frankie. Tu vas me laisser le faire maintenant ?

Elle lève ses yeux marron au ciel.

— Si tu es obligé...

Je tends la main vers maman et elle dépose la petite pochette de velours dans ma paume.

— C'est donc là que tu la cachais toute la semaine ?

Un sourire se dessine sur le visage de Frankie.

— Tu ne pensais pas vraiment que j'allais te demander en mariage hier soir, n'est-ce pas ?

Elle me lance un regard interrogateur.

— Ça m'a traversé l'esprit.

— Eh bien... je saisis une de ses mains en mettant un genou à terre, il se trouve que je savais que nous allions gagner aujourd'hui et que je pouvais le faire maintenant.

— Tu savais qu'on allait gagner après avoir été menés de dix-huit points ? Il n'y a que Frankie pour se laisser distraire par une discussion sur le football pendant une demande en mariage.

— Grand-mère ne nous aurait pas laissés perdre. Elle m'aurait hanté jusqu'à la fin de mes jours si je l'avais fait.

Ma mère et Frankie éclatent toutes les deux de rire.

— C'est bien vrai.

— Maintenant, ça te dérange si je reviens au sujet qui nous occupe ? dis-je en serrant sa main dans la mienne.

— J'aimerais que tu le fasses.

Cette femme. Comme si c'était moi qui étais distrait.

— Depuis le jour où je t'ai rencontrée, Francesca, tu as été une force dans ma vie. Tu ne te laisses pas emmerder par moi...

— T'es obligé de jurer dans ta demande en mariage ? dit maman, les yeux au ciel.

— Tu veux bien arrêter de m'interrompre et me laisser faire ?

Les deux se retiennent de rire et Frankie me fait signe de continuer.

— C'est vraiment ce qui m'attend pour le reste de ma vie ? Je marmonne pour moi-même.

— Oui, et tu ne voudrais pas qu'il en soit autrement.

Frankie rayonne sous les lumières du terrain. Du coin de l'œil, je vois un photographe avec un appareil photo pointé dans notre direction.

— Tu as raison. Tu me tiens en alerte. Tu ne me laisses jamais m'en sortir avec quoi que ce soit. Sans toi, je ne serais pas l'homme ou le joueur que je suis aujourd'hui. Tu es la meilleure chose qui me soit arrivée, Frankie, et je ne veux pas passer une minute de ma vie sans toi.

— Beaucoup mieux, Knox, murmure maman en levant le pouce.

Je lui souris avant de reporter mon attention sur Frankie. Je sors la bague de grand-mère de la pochette. Le petit diamant rond est serti entre deux diamants plus petits. C'est simple, mais plein d'amour.

— Francesca Rose, me ferais-tu l'honneur de m'épouser et de me laisser passer le reste de ma vie à te couvrir d'amour ?

— Bien sûr que oui ! répond Frankie en se jetant sur moi.

Maman applaudit tandis que Frankie prend mon visage entre ses mains et m'embrasse. Les derniers confettis nous collent au visage tandis que nous savourons ce moment.

Je passe la bague au doigt de Frankie, et elle est parfaite sur sa main. Je sais que mes grands-parents auraient aimé vivre ce moment, la voir porter cette bague. Mais je sais aussi qu'ils me regardent.

Frankie s'assied sur mon genou et me serre contre elle.

—Je t'aime, Knox.

—Je t'aime, Frankie.

Je prends sa main et j'embrasse la bague. Où se situe cette bague parmi celles que tu as eues ce soir ?

Elle me fait le plus beau des sourires. Un sourire qui me dit que gagner la bague du Super Bowl n'est rien à côté de ce moment.

— C'est la meilleure bague que j'aurai de toute ma vie.

Chapitre Onze

JACKSON

Putain j'y crois pas ! On a réussi !

Les confettis pleuvent autour de nous et Knox saute sur mon dos.

— Tu y crois, toi ?

— Ce fumble forcé était complètement fou, mec !

La dernière action du match a été tout simplement héroïque. Rien de tel que de gagner le Super Bowl dans son propre stade.

— On est champions du monde !

Il part en courant et je vois enfin mon père et Noah avec Colin et Peyton sur la ligne de touche.

Plus je m'approche, plus Noah est excité. Il gigote dans les bras de papa.

— Tu peux croire qu'on a gagné ? je crie en le prenant dans mes bras.

Ses petits bras s'enroulent autour de mon cou.

— Maman a fait pipi dans sa culotte pendant le match !

— Quoi ? Je regarde mon père, l'air perdu.

Il lève les mains, comme si je n'allais pas aimer ce qu'il va me dire.

— Le travail avait commencé.

— Quoi ? Le médecin a dit que c'était bon pour encore quelques semaines.

Je n'ai pas bien entendu, c'est pas possible, mais mon père a un sourire jusqu'aux oreilles et hoche la tête.

— Ils restent encore quelques semaines.

Je me répète, comme si ça allait empêcher que ça se produise.

— Les bébés n'ont pas de calendrier, fiston.

Le terrain est bondé. Les joueurs, les familles, les amis et les journalistes sont partout.

— Tu es sérieux ?

Je regarde Noah, comme si son petit visage allait confirmer ce que mon père est en train de me dire.

— Les deux mamans sont là-bas, mais tout va très vite, me dit mon père.

— Le bébé n'est pas encore là ? C'est pas possible. Il faut que j'y aille.

Mon père m'arrache Noah des bras pendant que je cherche mes clés dans mon pantalon.

— Merde ! Comment je vais faire pour y aller ?

— Papa tu dois mettre un sou dans le pot des gros mots !

— Jackson, respire profondément, dit Peyton qui arrive à côté de moi et Colin me regarde comme s'il n'arrivait pas à y croire.

— Comment est-ce que je suis censé aller à ce foutu hôpital ? je crie, en me retournant d'un coup.

Je perds la boule en essayant de trouver un moyen d'aller là-bas.

— Un autre dollar !

— C'est pas le moment, Noah, lui dit mon père.

— Il y a un shérif au bout du tunnel prêt à t'amener à l'hôpital. Ton père y amènera Noah plus tard, mais pour l'instant… dit Peyton en m'enfilant une casquette sur la tête, tu dois aller voir ta fille faire son entrée dans ce monde.

— T'es la meilleure.

Je la serre rapidement dans mes bras avant de me tourner vers Noah pour lui faire une bise.

— On se voit très vite, mon gars, et ensuite on pourra faire la fête.

— Ouais !

Il serre le poing en l'air, tandis que mon père me donne des petites tapes dans le dos.

— Vas-y ! Ce bébé arrive vite.

Un large sourire s'étale sur ma figure et je cours dans la direction que Peyton m'indique du doigt. J'ignore tout le monde sur mon chemin quand je vois un policier rayonnant qui m'attend.

— On dirait qu'un de nos champions a besoin qu'on l'amène à l'hôpital ?

— Aussi vite que vous pouvez.

— Ne vous inquiétez pas, on y sera vite.

– EST-CE que je l'ai raté ?

Je surgis dans la salle de travail et tous les yeux se tournent sur moi. Tenley laisse échapper un hurlement et ma mère me fait signe d'approcher.

— Elle est presque là, dit le médecin.

— Tu as gagné !

Les larmes de Tenley coulent sur ses joues quand je saisis sa main et dépose un baiser sur son front en sueur.

— Et pourtant, gagner le Super Bowl n'est pas la chose la plus dingue qui se passe ce soir.

La ville était en ébullition lorsque nous avons roulé jusqu'ici. Les gens accouraient tous dans les rues pour célébrer la victoire de Denver. Cela faisait des années que j'attendais ça, et je n'aurais pas pu être plus excité jusqu'à maintenant.

— Poussez encore une fois et elle sera là, dit le médecin.

— Vous pouvez le faire, Tenley.

Serrant ma main, elle commence à pousser jusqu'à ce que le meilleur son que j'ai entendu de toute la nuit frappe mes oreilles.

— Elle est là !

Le médecin brandit une minuscule petite fille, couverte de matière gluante et criant à tue-tête.

Des larmes s'échappent de mes yeux lorsqu'elle est posée sur la poitrine de Tenley.

— Je suppose que tu ne voulais pas rater tout le plaisir, n'est-ce pas ? dit Tenley en passant un doigt sur sa joue potelée.

— C'est ton portrait craché, je murmure. Je suis en admiration devant ce petit être humain que ma femme vient de mettre au monde.

Piper Fields.

— Nous allons la nettoyer, puis vous pourrez retourner vous reposer dans votre chambre. Une infirmière la prend des mains de Tenley qui se tourne vers moi, les yeux luisants de bonheur.

— Je n'arrive pas à croire qu'elle était en avance.

Je hoche la tête.

— On m'a dit que tu avais fait pipi dans ta culotte pendant le match.

Un rire s'échappe des lèvres de Tenley alors que je m'installe sur le lit à côté d'elle.

— Noah finira par apprendre.

Je lui prends la joue pour attirer son regard sur le mien.

— Je suis si fier de toi, Tenley.

— Je t'aime, chuchote-t-elle alors que je me penche pour l'embrasser.

— L'amour de ma putain de vie.

Ses lèvres sourient contre les miennes.

— Le pot à gros mots !

— Tu es aussi affreuse que Noah, dis-je en riant.

— Le papa veut la tenir ? demande l'infirmière en apportant le petit paquet désormais silencieux.

— Je ne pensais pas pouvoir arriver à temps.

Je ne quitte pas Piper des yeux quand on la pose dans mes bras. J'ai l'impression que mon cœur a triplé de taille.

— Je suis tellement contente que tu aies réussi.

Le personnel de l'hôpital s'active autour de nous, mais je ne remarque rien. Nos mamans nous regardent faire des câlins à notre petite fille.

— Êtes-vous prête à retourner dans votre chambre ? demande l'infirmière qui apparaît à mes côtés.

— Ton père et Noah sont dans la salle d'attente, dit ma mère à côté de moi.

— Noah doit être épuisé, dit Tenley en bâillant. Cette femme vient de mettre au monde un être humain et elle s'inquiète pour notre fils. C'est l'une des innombrables raisons pour lesquelles je l'aime.

Je me penche vers elle et l'embrasse longuement.

— Ne t'inquiète pas. Je m'occuperai de lui demain.

— Tu n'as pas un Super Bowl à fêter ?

Je hausse les épaules.

— Ça peut attendre.

– TOC, toc. Vous avez de la place pour un visiteur ?

La tête de l'entraîneur surgit dans la pièce. Je jette un coup d'œil à Tenley, qui dort, les bras autour de Noah.

— J'ai pensé que la petite dame voudrait peut-être voir ce que c'était que toute cette agitation puisqu'elle est arrivée plus tôt.

Il sort le trophée du Super Bowl de derrière son dos. Je déplace le paquet endormi sur ma poitrine. Heureusement que j'ai pu me laver dans la douche de l'hôpital, parce que tout ce que je veux maintenant, c'est câliner cette petite fille.

— Waouh ! Comment avez-vous fait pour sortir ça de l'after-party ? On est lundi matin tôt et je sais que certains de mes coéquipiers sont encore en train de faire la fête.

— J'ai profité de leur bon côté.

— Vous voulez dire qu'ils étaient trop saouls pour le remarquer ?

Il éclate de rire.

— Ça aussi.

L'entraîneur me passe le trophée, dont les sept kilos équilibrent équitablement la meilleure chose qui ait été placée dans mes bras de toute la soirée.

Je n'arrive pas à croire qu'on ait réussi. Je n'ai pas encore réalisé. J'ai quitté le stade si vite que je n'ai même pas réfléchi à la signification de ce moment. Mon père a dû m'apporter le t-shirt du Super Bowl que je porte maintenant. Je jette un coup d'œil sur le lit, et les yeux de Tenley sont maintenant rivés sur moi, remplis de larmes.

Je me souviens encore du moment où j'ai pensé que ma vie n'aurait aucun sens si je ne gagnais jamais ce trophée. Mais aujourd'hui, en regardant le trophée et ma petite fille, il n'y a pas de doute sur l'identité de celle qui l'emporte. La petite fille a tout mon cœur. Je ne savais pas que mon cœur pouvait vivre une fois hors de ma poitrine. Et encore moins trois fois.

— Merci, Coach. Cela signifie beaucoup pour moi.

J'entends le clic d'un appareil photo et je le vois sourire en brandissant son téléphone.

— La paternité te va bien. Je suis fier de toi, Jackson.

Je pose le trophée et lui réponds d'un hochement de tête.

— Ça me fait presque regretter de ne pas pouvoir gifler le jeune que j'étais quand je perdais toutes ces années de ma vie.

Il se contente de hausser les épaules.

— Oui, mais sans eux, est-ce que tu apprécierais tout ça ?

Mon regard se pose sur celui de Tenley. Je ne sais pas ce que je ferais sans elle. Elle est tout pour moi depuis aussi longtemps que je m'en souvienne - avant même que je le sache. Sans elle, je n'aurais pas ce petit paquet de joie dans mes bras. Je n'aurais pas la boule d'énergie folle qui dort dans ses bras.

— Je ne pense pas, non.

Cette victoire sera éternelle.

Une éternité que je passerai à célébrer avec ma famille à mes côtés.

Chapitre Douze

— **J**e n'arrive pas à croire qu'on ait gagné le Super Bowl.

Les lumières clignotent dans le bar de l'hôtel où nous sommes assis. Ils ont fermé pour l'équipe. Le champagne a coulé à flots toute la nuit. Les gars dansent sur la piste, fêtant l'événement avec leurs proches.

— Tu es le meilleur joueur du Super Bowl, me crie Carter.

— Je n'arrive toujours pas à y croire.

Je passe un bras autour des épaules de Carter et dépose des baisers dans son cou.

— On a gagné le Super Bowl !

Carter rayonne en se tournant vers moi. Il écarte une mèche de cheveux sur mon front.

— Je suis tellement fier de toi, Alex. Je sais que ces dernières années n'ont pas été faciles, mais tu as réussi.

Ce soir, mes émotions ont fait le yoyo. Un instant, j'allais bien, l'instant d'après, je me remettais à pleurer. Je serre Carter dans mes bras, parce que c'est à peu près la seule chose qui m'empêchera de perdre la tête. Encore une fois.

Ce qu'Angie n'a pas hésité à me faire remarquer quand j'ai pleuré après avoir été nommé meilleur joueur de la ligue.

— Vous voulez pas prendre une chambre vous deux ? Vous êtes pire que Colin et Peyton ! crie Knox de l'autre côté de la table.

— Tu peux parler, dis-je en riant et en essuyant une larme perdue. Je reste blotti contre Carter. Je ne pourrais pas t'éloigner de Frankie même si j'essayais.

Knox hausse les épaules.

— C'est ce qui arrive quand elle me laisse enfin la demander en mariage.

Frankie lui donne un coup sur le torse.

— À t'entendre, on dirait que je ne voulais pas que tu le fasses.

— J'aurais fait ma demande il y a trois ans si ça n'avait tenu qu'à moi.

— Tu es prêt à partir ? murmure Carter dans mon cou alors que les deux autres commencent à se chamailler pour savoir qui voulait se marier en premier.

— J'aime bien tes coéquipiers et tout, mais je suis prêt à t'avoir pour moi tout seul.

— Knox. Frankie.

Je me lève et les salue tous les deux.

— Enfin ! Ça t'a pris du temps, dit Knox en me faisant un clin d'œil.

— Puis-je te suggérer de suivre ton propre conseil ? dit Frankie serrée contre lui, tout comme je l'étais contre Carter il n'y a pas une minute. Personne n'a besoin de se faire arrêter pour outrage public à la pudeur ce soir.

— Ne t'inquiète pas pour nous. Prends soin de ton homme.

Carter m'aide à me lever avant que je puisse dire un mot de plus. La musique retentit tandis que nous nous dirigeons vers le hall d'entrée. C'est calme, le lundi matin est déjà bien avancé. Quelques agents de sécurité circulent dans la pièce, mais c'est tout.

Nous n'attendons pas longtemps l'ascenseur. Carter m'entraîne à sa suite et appuie sur le bouton du dernier étage.

— Ça fait bien trop longtemps que je ne t'ai pas eu pour moi tout seul.

Dès que les portes se referment, il est sur moi. Mon Dieu, sentir cet homme contre moi m'a manqué. Ses lèvres. Ses bras autour de moi quand nous nous endormons chaque soir.

J'approfondis le baiser, nos langues s'emmêlent. Chaque coup de langue me fait bander.

— Tu sais, on pourrait se faire arrêter si on ne fait pas attention, dis-je d'une voix pleine de désir tandis que Carter m'embrasse dans le cou.

— Peut-être que la prochaine fois que tu seras au Super Bowl, je devrai me faufiler dans ta chambre. Je n'aime vraiment pas que tu sois loin de moi aussi longtemps.

Carter recule au son du ding de l'ascenseur. Son visage est rouge et ses lèvres sont gonflées par le baiser qu'il m'a donné. Je pose les mains sur son dos et le pousse hors de l'ascenseur.

— Alors on ferait mieux d'aller vite dans cette chambre.

Carter me fait un sourire tentateur.

— Sérieux, tu ne m'aides pas beaucoup, là.

— Alors, montre-moi quelques tours, M. MJ.

— J'aime t'entendre parler comme ça.

— Ah oui ? dit Carter en haussant un sourcil et en se

retournant pour entrer dans notre chambre. Peut-être que je vais même t'accorder le traitement spécial meilleur joueur ce soir ?

Mon érection est totale quand Carter ouvre la porte et m'entraîne derrière lui.

Nous nous débarrassons de nos vêtements et nous trébuchons dans la douche à l'italienne dans un désordre de mains et de baisers, alors que nous sommes à nouveau l'un sur l'autre. Une semaine, c'était bien trop long sans avoir cet homme en moi. Je savoure chaque seconde alors que la chaleur se répand autour de nous et que nous jouissons ensemble.

C'est la fin parfaite d'une journée parfaite.

Quelque chose que je n'aurais jamais cru pouvoir vivre un jour.

— J'ai de bonnes nouvelles.

Carter s'assied sur le lit et croise les jambes. Je m'installe à côté de lui. Ses lunettes sont encore un peu embuées par la chaleur de la salle de bains.

— Je ne sais pas comment cette journée pourrait s'améliorer.

J'attrape sa main et tripote l'alliance à son doigt. C'est une habitude dont je ne pense pas pouvoir me défaire un jour.

Les yeux de Carter se remplissent de larmes quand il lève les yeux sur moi, rayonnant de bonheur.

— Et si je te disais que nos vies allaient devenir bien meilleures dans environ sept mois ?

— Je dois être encore sous l'effet du buzz, parce qu'il est impossible que tu aies dit ce que je pense que tu as dit.

— Tu m'as bien entendu. Chelsea est enceinte.

— Non, c'est pas possible ! Je plaque Carter sur le lit. T'es sérieux ?

Il acquiesce, s'enroulant autour de moi.

— Elle a appelé vendredi. Le premier test était un faux négatif.

— Oh mon Dieu.

Les larmes me montent à nouveau aux yeux.

— Nous allons avoir un autre bébé !

— Alors la prochaine fois qu'Angie demande si elle va avoir un frère ou une sœur, on peut lui répondre que oui ?

J'embrasse Carter à en perdre le souffle.

— Je n'arrive pas à croire que c'est ma vie, je murmure, voyant le bonheur de Carter se refléter dans ses yeux bleus lumineux.

— C'est vraiment génial, reconnaît-il.

Jamais je n'aurais cru que j'en serais là. Célébrer le Super Bowl en tant qu'athlète, avec mon mari et ma fille, et avec un autre bébé en route.

— Tout ce qui se passe aujourd'hui est parfait. Je ne sais pas si quelque chose ne pourra jamais rivaliser avec ça.

— Et dire que je suis tombé amoureux d'un joueur de football !

Je souris et l'embrasse partout sur le visage.

— Dieu merci, c'est ce que tu as fait. Maintenant, pouvons-nous retourner à la fête ?

— Tout ce que vous voulez, M. Meilleur joueur.

Chapitre Treize

L'ENTRAÎNEUR BROOKS

Il est difficile de croire qu'il y a quelques semaines à peine, nous soulevions le trophée Lombardi. Aujourd'hui, les joueurs qui sont encore en ville après la fin de la saison se réunissent chez moi pour une autre sorte de petite fête.

— Tu es sûre de vouloir faire ça ? demande Lexi à côté de moi. Aucune annonce n'a encore été faite.

Je lui réponds par un sourire :

— Je suis sûr. C'est le moment.

Ma femme m'entoure de ses bras.

— Je suis fière de toi. Ce fut une belle carrière.

— Et il n'y a pas de meilleure façon de partir que par la grande porte.

— Comment penses-tu qu'ils vont le prendre ? dit-elle en désignant du menton le salon où tout le monde est rassemblé.

Je hausse les épaules.

— On verra bien.

Prenant sa main dans la mienne, je rejoins les autres pour partager ma nouvelle. Angie et Noah se courent après sous le regard de leurs parents. Colin et Knox plaisantent avec Peyton et Frankie.

C'est ce qui va me manquer. Pas les matchs, ni la victoire, ni le trophée.

La camaraderie de l'équipe. L'atmosphère familiale.

J'aime cette équipe, mais je suis prêt pour le prochain chapitre de ma vie.

— Avant que la soirée ne commence, je voudrais dire quelques mots.

Tout le monde se calme immédiatement, comme tous les jours à l'entraînement.

— Comment va Logan, Coach ? demande Alex.

— Le docteur dit que tout est sous contrôle. Avec un peu de chance, il rentrera chez lui la semaine prochaine.

Je ressens un soupir de soulagement collectif. Sa blessure a été compliquée, et je suis à peu près la seule personne à qui il a parlé.

— Dieu merci.

— Je lui ai parlé et il a l'air d'avoir bon moral. Je lui ai dit qu'on pensait tous à lui.

— Parfait. Désolé de vous avoir interrompu, dit Alex.

— Pas besoin de t'excuser. Je prends une minute pour regarder chaque visage. Maintenant que le moment est arrivé, il est beaucoup plus difficile de sortir les mots. Je ne pourrais pas être plus fier de cette équipe. Nous avons été confrontés à l'adversité au fil des ans, mais notre victoire n'en a été que plus belle.

Des visages souriants me regardent.

— Je suis fier de ce que nous avons accompli en tant qu'équipe, mais je suis encore plus fier des hommes que vous êtes devenus. Cela dépasse de loin tout ce que nous avons fait sur le terrain.

Voir le chemin parcouru est l'une des plus grandes joies de l'entraînement. Ce ne sont plus des garçons qui jouent à un jeu et qui essaient d'apprendre la vie avec moi. Ce sont des hommes bons et des partenaires qui jouent au football.

— Et parce que je respecte énormément chacun d'entre vous, je voulais que vous soyez les premiers à le savoir… Je prends ma retraite.

Le silence est tel qu'on pourrait entendre une mouche voler. Des visages stupéfaits me fixent des yeux. Une pression sur ma main me dit de continuer.

— J'ai passé la plus grande partie de ma vie autour de ce sport. Il m'a tout donné et j'espère le quitter dans un meilleur état que lorsque je l'ai trouvé. Mais je veux passer du temps avec ma famille. Avec mes petits-enfants.

— C'est moi ! La voix d'Angie retentit depuis le coin où elle se trouve avec Alex qui la tient.

— C'est vrai, ma chérie, dis-je en lui faisant un grand sourire.

— Attendez, qui va prendre la relève ? dit Knox qui reprend la parole.

— L'annonce sera faite dans quelques jours. L'entraîneur Jenkins va prendre les rênes.

— Qu'est-ce que cela signifie pour le reste de l'équipe ? demande Alex.

— Il va y avoir quelques changements, mais rassurez-vous, je vais vous laisser entre de bonnes mains, je leur explique alors que mon regard se porte sur Frankie. Nous sommes également à la recherche d'un nouveau coordinateur de la défense.

Elle se redresse dans les bras de Knox.

— Qui va prendre le relais ?

— C'est ma dernière mission en tant qu'entraîneur principal. C'est moi qui vais t'annoncer la bonne nouvelle. La direction espère que tu prendras la relève.

— Vous êtes sérieux ? L'expression « choquée » n'est même pas suffisante pour décrire la tête qu'elle fait.

— Tu l'as bien mérité, Frankie. La façon dont tu as gardé ton sang-froid pendant le grand match et dont tu ne t'es pas laissé abattre par notre défaite, c'est quelque chose que peu de gens auraient pu faire. Les Mountain Lions ont de la chance de t'avoir. Qu'est-ce que tu en dis ?

— Putain, oui ! s'exclame-t-elle en venant vers moi et en m'entourant de ses bras. Je n'ai jamais pensé que ce jour viendrait !

— Ça fait longtemps qu'on l'attendait. Je suis juste content d'être celui qui te l'annonce.

Les yeux de Frankie s'illuminent.

— J'ai été à bonne école. Merci de m'avoir donné une chance il y a quelques années.

— Le chemin a été semé d'embûches, mais je sais que tu feras de grandes choses, Frankie.

Elle a fait ses preuves ces dernières années, après avoir raté sa première promotion. Je sais qu'elle sera entraîneuse principale dans quelques années.

Elle court vers Knox et lui saute dans les bras. Il est rayonnant.

— Coach, ça vous dérange si je dis quelques mots ? demande Alex.

Je souris à mon gendre.

— La place est à toi.

Il fait glisser Angie dans les bras de Carter et lève un verre.

— Depuis que j'ai été engagé, vous avez été le seul entraîneur que j'aie jamais eu. Non seulement vous vous êtes engagé pour moi, mais vous l'avez fait d'une manière que chacun des hommes ici présents portera en lui jusqu'à la fin de sa vie.

Lexi me serre la main alors que mes yeux commencent à se remplir de larmes.

— Ce que vous avez fait pour nous va au-delà du football. Je sais que je ne serais pas là où je suis aujourd'hui si vous n'aviez pas été là.

Alex s'éclaircit la gorge et passe un bras autour de Carter.

Je lui souris en retour.

— Je suis content, sinon je n'aurais pas mes petits-enfants.

Angie se dégage des bras de son papa et court vers moi.

— Je t'aime, grand-père.

— Je t'aime aussi, ma chérie.

— Je sais que sans vous je ne serais pas là non plus, Coach, ajoute Jackson. Vous m'avez fait me sortir les doigts pour voir ce que j'avais toujours eu en moi.

— Je pense que je devrais aussi vous remercier pour cela, dit Tenley.

Ils ont tous les deux l'air épuisés. Des visages de nouveaux parents.

— Je suis content que vous ayez donné un travail à Rocky. Regardons les choses en face, elle nous devance tous, ajoute Colin.

— Tu rends les choses faciles, Colin, dit Peyton en riant. Vous avez pris ma défense, Coach, et je ne l'oublierai jamais.

Une larme perdue s'échappe sur ma joue.

Knox se racle la gorge.

— Je suppose que si c'est le moment des remerciements, je vous en dois un aussi. Tout le monde rit autour de lui. Je n'étais qu'un gamin stupide quand je suis arrivé dans cette ligue. Je ne savais pas distinguer mon cul de mon coude, et vous m'avez appris plus de choses sur la vie que n'importe qui d'autre. Merci, Coach.

— Et merci de m'avoir tout appris, mais aussi à chacun d'entre nous ici. Votre empreinte restera à jamais dans le football, déclare Frankie.

Je secoue la tête, essayant de maîtriser mes émotions.

— Merci à tous. Vous n'avez pas idée de ce que cela représente pour moi.

— On dirait qu'ils t'aiment bien, murmure Lexi, et je lui souris.

Aussi difficile que soit cette décision, c'est aussi l'une des plus faciles que j'ai prises. Grâce à cette femme.

— Nous vous aimons, Coach. Et ce n'est pas parce que vous partez que vous ne serez plus jamais un Mountain Lion.

Alex s'approche de moi et passe son bras autour de mon épaule. À l'entraîneur Brooks !

— À l'entraîneur Brooks ! répète tout le monde.

— Qu'est-ce que vous en dites, les gars ?! s'écrie Colin. Vous pensez qu'on peut gagner un autre Super Bowl ?

— Bien sûr que oui ! répond Knox. Aux Mountain Lions !

— Aux Mountain Lions !

FIN

À propos de l'auteur

Après avoir remporté une récompense pour jeunes auteurs au primaire, Emily Silver a décidé de devenir écrivain. Elle adore les héroïnes fortes et les hommes merveilleux qui tombent amoureux d'elles.

Fervente amatrice de romances, Emily a commencé à écrire des livres qui se déroulent dans différents lieux du monde entier. Grande voyageuse, elle a visité les sept continents et fait le tour du monde.

Quand elle n'écrit pas, Emily est souvent sur son porche en train de siroter des cocktails, de lire toutes les histoires d'amour qui lui tombent sous la main et de planifier sa prochaine grande aventure !

Retrouvez-la sur les réseaux sociaux pour rester informés de toutes ses aventures et ses prochaines parutions !

The Ainsworth Royals

Royal Reckoning

Reckless Royal

Royal Relations

Royal Roots

Royal Ties

The Love Abroad Series

An Icy Infatuation

A French Fling

A Sydney Surprise